鬥嘴一班 ⑫

鄰里大聯盟

卓瑩 著

新雅文化事業有限公司
www.sunya.com.hk

人物介紹

文樂心

(小辮子)

開朗熱情，好奇心強，但有點粗心大意，經常烏龍百出。

高立民

班裏的高材生，為人熱心、孝順，身高是他的致命傷。

江小柔

文靜溫柔，善解人意，非常擅長繪畫。

胡直

籃球隊隊員，運動健將，只是學習成績總是不太好。

黃子祺

為人多嘴，愛搞怪，是讓人又愛又恨的搗蛋鬼。

周志明

個性機靈，觀察力強，但為人調皮，容易闖禍。

**吳慧珠**（珠珠）

個性豁達單純，是班裏的開心果，吃是她最愛的事。

**謝海詩**（海獅）

聰明伶俐，愛表現自己，是個好勝心強的小女皇。

第一章 來了新鄰居

踏入夏末初秋的時節,天氣格外清朗,晨光一大早便到達陽台,溫柔地灑在文樂心的肩膊上,好像要邀她一同出遊似的。

坐在陽台上的文樂心，一臉無奈地望着陽光，喃喃自語：「太陽姐姐，我也很想出去郊外走一趟啊，可惜爸爸到了外地公幹，當護士的媽媽又得值夜班，我能上哪兒去？」

她本來打算到住在同區的江小柔家玩耍，但小柔的家距離較遠，她下午又得上興趣班，遠水救不了近火，只能陪祖母到附近的公園散散步。

這個公園是文樂心小時候的樂園，無論是嫩綠的草地、典雅的小亭台，還是供遊客放模型船的小水池，都布滿她兒時的足印，特別是那個波光粼粼的小水池，更滿載着許多難忘的回憶。

文樂心感歎地說：「什麼時候我才能再跟爸媽到這兒放小船呢？」

　　祖母見她一臉愁容，不覺好笑地說：「你爸爸不過去公幹兩個月，你這個孩子怎麼就愁得好像一輩子都不能再相見似的？」

　　文樂心鼓起腮幫子，向祖母撒起嬌來：「奶奶，兩個月已經很漫長了呢！」

　　祖母呵呵笑說：「這孩子真嬌氣！」

祖孫倆邊走邊聊，直到祖母走得有點累了，她們便沿着公園旁邊的行人路往回家的方向走。

　　這時，一位老婆婆左手拎着沉甸甸的袋子、右手拉着脹滿滿的手拉車，正從她們身旁一抖一歪地走過。

文樂心見她好像隨時都會摔倒的樣子，急忙跑上前扶着婆婆，緊張地問：「婆婆，你沒事吧？」

老婆婆站穩腳步後，跟她點頭一笑說：「小妹妹放心，婆婆沒事。」

「婆婆，你拿着這麼多東西要往哪兒去？」她擔心地問。

老婆婆指着前方笑說：「沒關係，我就住在前面那幢米黃色的大廈，很快便到家呢！」

文樂心順着方向望過去，發現原來正是她們住的那幢大廈，便熱心地提議：「我們正好也是住在那兒，不

如我們就一道走吧！」

她沒等婆婆答應，便不容分說地從婆婆手中取過沉重的袋子。

老婆婆趕緊推辭說：「這可使不得！東西那麼重，我怎麼能讓你一個孩子來提呢？」

文樂心掂了掂手中的袋子，輕鬆地笑着說：「這沒什麼，況且我還有奶奶幫忙嘛！」

　　文樂心正要喚祖母來幫忙，誰知祖母已經熱情地跟婆婆打起招呼來：「嗨，原來是宋婆婆啊！」

　　文樂心非常驚訝：「奶奶，你們認識嗎？」

　　宋婆婆也有些訝異地呵呵笑：「原來你就是文婆婆的孫女，我是住在你們隔壁的新鄰居，才剛搬過來沒幾天呢！」

文樂心瞪大眼睛說：「這真是巧得很喲！」

就這樣，祖孫倆便一個提着袋子，一個拉着手拉車，一同把宋婆婆護送回家。

宋婆婆果然住在文樂心家的隔壁，婆婆把她們迎進屋內，連聲感激地說：「謝謝你們的幫忙啊！」

祖母擺了擺手說：「我們是鄰居，當然要互相幫助啦！」

文樂心乖巧地坐在客廳的沙發上不敢亂動，一雙眼睛卻耐不住四處張望，無意間看見茶几上有一個包裹，

上面貼着好幾枚精緻的郵票，不由地
讚歎一聲：「嘩，這些郵票很漂亮
啊！」

正在跟祖母談天的宋婆婆笑着解釋：「哦，這是我兒子從澳洲寄回來送給瑤瑤的禮物。」

「瑤瑤？」文樂心疑惑地說。

宋婆婆細看文樂心一眼，慈愛地笑着說：「瑤瑤是我的孫女，跟你的年紀也差不多，你們應該會合得來，下次我介紹給你認識吧！」

瑤瑤是一個怎麼樣的女孩呢？得知有同輩住在隔壁，文樂心滿心期待。太好了，以後我便可以有個伴兒呢！

第二章　當災星遇上倒霉星

　　這天的中文課，徐老師為大家找來了一本跟中秋節有關的圖書，說：「還有兩星期便是中秋節了，我想為大家介紹一些相關的傳說，希望你們對這個傳統節日有更深刻的認識。」

　　同學們對這個題目很感興趣，徐老師還未開口，他們便已經熱烈地討論起來。

　　周志明興奮地張開雙手作射箭的姿勢，說：「我最喜歡就是嫦娥的丈

夫后羿了，連太陽也能射下來，多威武啊！」

「你說的是『后羿射日』的傳說吧？」謝海詩抿了抿嘴，一臉不以為然地說：「在『嫦娥奔月』的傳說中，也有說后羿是個殘暴不仁的君主，妻子嫦娥為免他會禍害百姓，才偷吃了他的長生不老藥呢！」

周志明質疑地反駁：「不會吧？說不定是嫦娥自己想要長生不老，才偷吃了仙丹呢！」

吳慧珠不滿地抗議：「不許你這樣詆毀她，嫦娥姐姐是最美麗、最善良的仙女呢！」

徐老師揚了揚手說：「你們不必爭論了，中秋節的傳說其實有很多種

說法，既然大家對這個題目感興趣，不如便以此為題做一個小組報告吧。哪一組做得最好，我便把他們的報告貼在壁報上以示表揚。」

大家聽了都紛紛讚好，高立民本來也興致勃勃，但當他得知自己跟鄰座的文樂心被編在一組後，頓時不滿地嘀咕：「怎麼又遇上她這個災星啊？真倒霉！」

文樂心不快地一努嘴說：「什麼災星？你才是倒霉星呢！」

高立民立刻回嘴道：

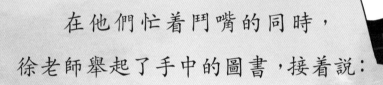

還不承認？我每次遇
到你準沒好事！

在他們忙着鬥嘴的同時，
徐老師舉起了手中的圖書，接着說：
「這本書我可以借給同學作參考，誰
有興趣的話可以向我借閱……」

「老師，我有興趣！」徐老師的
話還未說完，便有人搶先舉手，而這
個人就是黃子祺。

徐老師一邊把書交給黃子祺，一邊微笑着補充：「如果其他同學有需要，可以到學校圖書館借閱，那兒會有更多有關中秋節的圖書呢！」

大家見黃子祺不費吹灰之力便能借到圖書，都非常羨慕，徐老師一走，便把黃子祺團團圍住，一個勁地嚷着：「把書借給我們看一眼嘛，一眼就好！」

突然成為眾人的焦點，黃子祺樂滋滋地從抽屜裏取出一張紙來，說：「別急別急，想借書的同學先留下名字，待我看完便會按序借給大家！」

　　高立民看到他這副得意忘形的樣子，不免有些酸溜溜地說：「有什麼了不起？我去圖書館借不就行了？」

　　黃子祺聽到後，壞壞地一笑說：「那你得快點行動囉！圖書館的藏書每款一般都只有一冊吧？慢了可就借不到呢！」

　　因此，今天的午餐，每個同學都

吃得很倉促，高立民更是第一個吃完，把餐具統統往抽屜裏一扔，腳底便好像踏着哪吒的風火輪似的向着位於一樓的圖書館奔去。

跟他同組的文樂心、江小柔和胡直也急忙緊隨其後，當他們來到樓梯的轉角處時，跑在高立民身後的文樂心一不小心踏中了他的鞋跟。

「對不起，對不起！」文樂心忙連聲道歉。

高立民回頭瞪了文樂心一眼，但他已沒空跟她計較，只匆匆蹲下身把鞋子重新穿好，便再繼續全速前進。

當他們抵達圖書館門外時，卻恰好看到另一組的同學正興高采烈地捧着那本有關中秋節的書，從圖書館裏走出來。

「就是晚了那麼一步！」高立民一跺腳，回頭狠狠地瞪着文樂心説：「要不是因為你，圖書早已到手了啦！」

文樂心自知理虧，也不敢回嘴，只好一臉委屈地低垂着頭。

　　江小柔忙笑嘻嘻地為她解圍：「別這樣嘛，反正圖書又不只那一本，待會兒我們再去公共圖書館跑一趟就好了！」

　　胡直點頭附和：「對唷！我們不是都住得很近嗎？我們家附近就有一個圖書館，下課後我們一起到那兒借書吧！」

　　高立民雖然還有些生氣，但事已至此，也只好無奈答應。

第三章　最蠻不講理的女生

素來鮮有到圖書館的胡直，一跨進圖書館便大驚小怪地說：「喲，公共圖書館就是不一樣，比學校的圖書

館大得多呢！」

文樂心舉目四顧了一下，苦惱地拍了拍額頭說：「這兒的圖書那麼多，我們該往哪兒找啊？」

高立民歪着嘴巴取笑説：「難道你不知道圖書館有電子檢索系統嗎？」

他一馬當先地跑到一台電腦前，快速地輸入了書名，不消一刻便找到圖書的編碼和位置，然後指揮各人說：「大家分頭去找吧！」

兒童館

文樂心首先跑到了兒童館，很快便來到相關的書架前，並按着編碼的順序開始一本接着一本地找起來。

不一會，她眼前一亮，喊道：「找到了呢！」她滿心歡喜地伸手想把書取下來。

然而，當她的手跟圖書只剩下數厘米的距離時，有一隻手驀然從後伸過來，一把將書取走了。

文樂心趕緊順着那隻手抬頭一看，只見取走書的人是個穿着一身淺

藍色校服、束着一
頭長馬尾、五官
輪廓分明的
女生。

憑她的身高來看，估計她的年紀大概不會跟文樂心相差多少。

那女生只冷冷地瞟她一眼，便拿着書轉身離開。

即將到手的圖書被人捷足先登，文樂心着急了，匆匆追上去把她喊住：「欸，請你等一下！」

那女生語氣淡淡地問：「有什麼事嗎？」

文樂心指着她手中的書說：「同學，請問你可否把這本書讓給我？我急

着要用呢！」

　　那女生臉色一冷說：「圖書館裏的書都是先到先得的，我為什麼要讓給你？」

　　文樂心有些不悅地說：「可是，這本書分明就是我先看到的啊！」

　　正在附近找書的高立民、胡直和江小柔聽到爭執聲，紛紛跑過來幫腔說：「既然圖書是心心先看到，就應該是她的啊！」

　　那女生冷笑一聲說：「難道你們都不曉得『手快有，手慢無』的定義嗎？當然是動作快的人得到，難道不

是嗎？」

大家頓時為之語塞。江小柔見氣氛不對，忙上前笑着打圓場：「請你別誤會，我們不是故意要跟你爭什麼，我們確實很需要這本書來做作業，才會向你提出這樣的請求。」

可惜那女生仍然毫不賣賬地板着臉說：「誰不是要用書才來圖書館借的？我也有我的需要。」她冷冷地語畢後，也不容他們反對，便若無其事地捧着書本，直向着借書處走去。

她的話雖然也有幾分道理，但那副得勢不饒人的嘴臉實在太惹人討

厭，無奈他們又完全沒她的辦法，只能眼巴巴看着她把圖書借走。

胡直氣得一揮拳頭罵道：「我還是第一次碰上如此蠻不講理的人呢！」

文樂心慚愧地垂下頭來，一臉自責地說：「都是我不好，如果我的動作能再敏捷一點，結果可能就會大不相同了呢！」

高立民怒瞪她一眼，埋怨道：「你真是成事不足，敗事有餘！」

江小柔趕緊為文樂心抱不平：「這件事錯不在心心啊！」

胡直冷靜地衡量過利害後道：

「先別追究了，我們的當務之急是要完成作業啊！」

既然找不到想要的書，大家只好退而求其次，從書架上找出兩本相似的書作代替品後，便匆匆離開圖書館各自回家去了。

文樂心的家離圖書館最近，只要沿着行人路一直往前走，第二個路口的盡頭便是她住的那幢大廈。

走着走着，她忽然發現走在自己前面的人，正是剛才跟她搶奪圖書的那個馬尾女孩。

文樂心見那女孩戴着耳機走路，

似乎並未注意到自己就在她的身後，
便刻意把腳步放緩，小心翼翼地走在
後頭，心中祈求她快點拐彎往別處
去。

　　偏偏這時，一個身穿制服的速遞

員推着盛滿包裹的手推車，急速地迎面走來，嘴裏還大聲斥喊着：「讓開啊，請讓開！」

看到他一副來勢洶洶的樣子，路人們統統都快速地躲開了，惟獨那個戴了耳機的馬尾女孩仍然無知無覺，走在後頭的文樂心情急之下，伸手輕拉了她一把，她才恰恰避了過去。

那女孩並不曉得文樂心是在幫她，見文樂心突然從後拉她，只以為她要打什麼壞主意，故此非但沒有感激她，還一臉質疑地問：「怎麼又是你？你該不會是在跟蹤我吧？」

文樂心頓時為之氣結：「誰要跟蹤你？我剛才是在幫你呢！」

　　「騙人！你一定是想把書搶回去！」那女孩警惕地把圖書往身後一收，急急轉身跑開了。

　　為了表示自己並非故意跟着她，文樂心只好停下來，盯着她遠去的背影小聲嘀咕：

她怎麼總愛像個木頭人似的板着一張臉？真是莫名其妙！

第四章　狹路再相逢

　　這天午飯時間，當文樂心和江小柔聊得正興起，忽然「啪」的一聲，高立民把一疊紙攤在她們面前說：「這個給你們！」

望着眼前寫滿筆記的紙，文樂心驚訝地說：「這是什麼？」

高立民一昂鼻子說：「這可是我和胡直辛苦整理的資料呢，現在便交由你們負責把這些資料轉化成圖畫！」

文樂心翻了翻筆記後，頓時把嘴巴努到天邊上去，苦惱地道：「有六頁資料那麼多？那我和小柔每人要負責三頁，可是作業明天就要交了，你現在才交給我們，怎麼趕得及呀？」

高立民輕哼一聲說：「你還好意思埋怨？要不是因為借不到那本圖

書，我們早就完成了！」

一提及借書的事，文樂心便不敢再多言，但仍然面露難色地說：「可是時間實在太倉卒了，我怎麼能完成得了呢？」

「不如我來幫你吧，繪畫我最在行，你只負責兩頁就好！」江小柔主動從文樂心手中多抽走一頁筆記。

文樂心高興得跳起身來，親暱地挽着小柔的手臂，討好地說：「小柔對我最好了！」弄得江小柔不好意思地紅了臉。

高立民無可奈何，只好認真地告誡她說：「我警告你，如果這次再搞砸的話我不會放過你！」

「放心，保證完成任務！」文樂心自信滿滿地一拍胸口。

這天下課回家後，文樂心果然乖乖地躲在書房裏拼命地寫寫畫畫，好不容易才把那兩頁筆記的內容濃縮在兩張畫紙上。

為了美化它們，她還用心地把嫦娥、后羿、玉兔等相關的圖畫繪在旁邊作點綴，看上去倒也像模像樣。

不過也許就是因為晚了睡覺，第二天她遲了起牀，連早餐也來不及吃，匆匆把畫紙用橡根圈束成一捆，便背起書包往外奔。

　　可是很不巧，當她乘搭升降機來到大堂後，才發現外面正下着大雨，再折返回家拿傘子是趕不及了，只好把頭一低，一鼓作氣地向着位於對街的校車站跑去。

跑不了幾步，一個身影忽然從後閃出，重重地撞了一下她的右手，她拿在手中的畫紙便脫手而出，跌在濕漉漉的行人路上。

　　「噢，我的作業啊！」文樂心慌忙把畫紙拾起來。

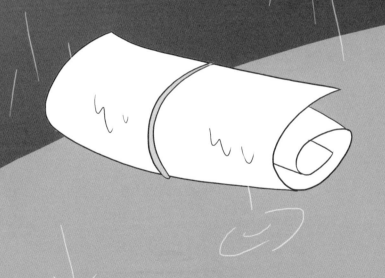

那個身影並沒有停下來，只不痛不癢地說了一聲「對不起」，便繼續往前跑。

待文樂心站起身來一看，只見那個遠去的身影，竟然正是那個馬尾女孩。

文樂心見自己辛苦了一個晚上的心血被弄得髒兮兮的，很是氣憤，忍不住朝她吼過去：「喂，你撞到我了啦！」然而那個馬尾女孩早已跑遠，哪兒還聽得到她的喊聲？

這時校車剛好到站，文樂心只好氣呼呼地登上校車，一屁股在江小柔

的旁邊坐下來，然後急急取出面紙，在畫紙上來回擦抹，企圖把已滲入畫紙的雨水擦乾。

然而一切已經於事無補，她辛辛苦苦繪畫出來的嫦娥和一大段文字，都被雨水沾濕得糊開了。

文樂心沮喪萬分地說：「完了！我交不出作業，該如何向大家交代啊？」

江小柔眼見作業變得一團糟，也有些不知所措，但見文樂心滿臉愧疚的樣子，又不忍再怪責她，便樂觀地笑笑說：「你忘了還有一半的作業在

我這兒嗎？怎麼會交不出作業？何況這場雨下得那麼兇，作業被雨水沾濕了也是情有可原，老師必定會體諒我們的。」

「但願如此吧！」文樂心一路懷着忐忑的心情回學校。

當高立民和胡直一見到她倆便圍了過來，起勁地催促：「快把作業拿出來看看啊！」

文樂心很是心虛，不敢把畫紙拿出來，高立民受不了她磨磨蹭蹭的，乾脆把她手上的畫紙一手奪過。

當看到那一大片被雨水化得一塌糊塗的畫作時，高立民氣得連話都幾乎不會說：

小辮子，你……你真的不是一般的笨啊！

49

「對不起啦，我真的不是故意的！」文樂心低下頭來。

　　高立民板起臉孔，兇巴巴地說：「我不管，你負責向老師交代！」

第五章 雪中送炭

上中文課的時候，徐老師吩咐大家按組別圍坐在一起，並要求每組派出一位代表到台前匯報作業。

高立民碰了碰文樂心的手肘，以不可違抗的語氣說：「你來說！」

文樂心很不情願，但又無法拒絕，只好硬着頭皮慢慢地走到台前。

她剛把作業攤開，還未及開口說話，同學們看到畫紙上那面目模糊的嫦娥和文字，便已經「哇卡卡」的笑了個前仰後合。

黃子祺指着頭部變得若隱若現的嫦娥説：「原來嫦娥真如周志明所説的是個小偷！你們看，她必定是被后羿砍頭了啦，哈哈！」

　　徐老師嚴肅地説：「不許胡説八道！」

雖然徐老師已出言制止，但班上仍然不時傳出陣陣的笑聲，令文樂心窘迫得臉紅耳赤，只好結結巴巴地介紹了幾句便草草收場。結果，他們的作業也理所當然地成為了全班最低分的一組。

江小柔難過得雙手掩臉，不忍再看黑板上的得分。

胡直也搖頭歎息地說：「沒想到我即使是跟兩位高材生同組，仍然無法取得好成績啊！」

黃子祺拍了拍高立民的肩膀，故意裝出一副深表同情的樣子說：「這個故事教訓你，好拍檔是成功的一半啊！」

高立民很想反唇相譏，但自己的得分確實比他低，他感到丟臉極了，只好回頭憤憤地對文樂心吼道：「這下你可滿意了吧！」然後便轉了臉，整天都沒有再跟她說上一句話。

　　文樂心見自己連累了大家，心裏十分內疚，很想做些什麼來彌補，可是成績都已經出來了，她還能怎麼樣呢？

　　小息時，江小柔見她悶聲不響地躲在一角，於是刻意滿不在乎地笑着說：「不過就是一次課堂作業而已嘛，根本佔不了多少分數，誰高誰低又有

什麼要緊？只要我們加倍努力，下次必定能追回來的！」

文樂心知道小柔是在安慰自己，但是她仍然樂不起來。

江小柔心念一動，便轉移話題說：「對了，這個周末便是中秋節，我們家附近的公園將會舉辦花燈晚會，不如我們一起去玩好嗎？」

難得江小柔主動邀約，文樂心當然是很樂意去的，但低落的情緒一時仍然難以回轉過來。

下午放學時她依然滿懷心事，當她低着頭踏出大廈的升降機時，卻與

剛步出家門的宋婆婆碰了個正着。

宋婆婆見到她很是歡喜，熱情地拉着她的手說：「心心，碰到你真好，我正好有東西要給你呢！」

「哦？是什麼東西？」文樂心正好奇着，宋婆婆已轉身走進屋內，不消片刻又從裏面走出來，把一個透明的小袋子塞進她的掌心。

她低頭一看，原來小袋子裏放着一疊漂亮的郵票。

「唷，是郵票啊！」她驚喜地喊。

宋婆婆笑着解釋説：「這些都是瑤瑤的爸爸從其他國家寄包裹回來時用的郵票，我反正留着也沒用，既然你喜歡便送給你吧！」

文樂心忙連聲道謝：「謝謝您，宋婆婆。」

文樂心剛踏進家門，便迫不及待地把那一枚又一枚來自不同國家的郵票，小心翼翼地拿出來逐一細看。

她記得自己跟宋婆婆初次見面時，的確曾經說過喜歡那些漂亮的郵票，但當時她不過就是隨便一說，沒想到宋婆婆不但把話記在心頭，還特意為她搜集了這麼多各具特色的郵票。

一股暖流霎時打從她的心窩裏湧出來，直運行到全身，把她憋了一整

天的不安與難過，一下子沖散了大半。

第六章　冤家路窄

象徵着一家團圓的中秋節終於來臨，文樂心的爸爸雖然仍身處外地，但他利用了手機上的視像通話功能來跟大家聊天問好，並及時於中秋節當

天，把一個小烏龜造型的背包寄到家裏送給文樂心，逗得本來還有些不滿的她笑逐顏開。

文樂心捧着手機，爭分奪秒地跟爸爸聊到最後一分鐘，才背起軟綿綿的小龜背包，心滿意足地拉着媽媽一起出門參加花燈晚會。

平日並不怎麼起眼的公園，如今到處張燈結綵，五光十色的花燈把公園照得如同白晝。

　　每盞花燈的下方，還垂掛着一張紅色的小燈謎，秋風拂過，輕盈的紅紙條便像一羣小蝴蝶似的隨風飛舞，好看極了。花燈的旁邊，還設有一排排遊戲攤位，引來一大羣孩子在排隊輪候，氣氛十分熱鬧。

　　水池前方的那片空地如今搭建了一個臨時舞台，兩旁放置着大型的卡通人物花燈，一羣穿着中式舞衣的小朋友，正隨着柔和的樂曲，在舞台上翩然地跳着扇子舞。

文樂心帶着媽媽來到約定地點跟江小柔及江媽媽會合後，便興致勃勃地拉着小柔到處遊逛，一會兒站在舞台前欣賞表演；一會兒跑到遊戲攤位前東瞧瞧西看看，非常興奮。

　　當她們來到那片紅豔豔的花燈下，江小柔十分欣喜地説：「嘩，原來每盞花燈下都掛着小燈謎啊！」

　　一位晚會的工作人員微笑着説：「小妹妹，你們可以猜猜看，猜中會有獎品啊！」

　　「真的？」二人目光一亮，當即認真地細閲那些小紙條。

文樂心拿起其中一張，輕聲地唸起來：「遠看像頭牛，近看沒有頭，猜一字。」

　　當她正在思考着謎底的時候，一把似曾相識的聲音在她身後響起：「不就是一個『午』字嗎？太簡單了！」

「小朋友你一猜即中，真聰明
啊！」剛才那位工作人員讚道。

文樂心回頭一看，猛然發現這個
人竟然正是那個馬尾女孩。當她見到
文樂心盯着自己，便也似笑非笑地回
看她。

文樂心暗叫一聲倒霉，怎麼走到哪兒都能碰到她啊？真是冤家路窄！

文樂心沒有搭理她，只拉着江小柔走到另外一盞燈下，繼續唸：「有臉沒有口，有腳沒有手，雖有四條腿，會站不會走，猜一家居用品。」

她才剛唸完，身後又傳來那個女孩得意洋洋的聲音：「不就是桌子嘛，這麼簡單的燈謎誰不會啊？」

　　「她到底怎麼回事呀？是故意嘲笑我們嗎？」文樂心有些不耐煩地皺起眉頭説。

　　江小柔見文樂心有些動氣，連忙把她拉到一旁，好言規勸道：「算了

吧，她也是無心的。況且這些燈謎本來就是公開讓大眾一起猜的，我們只能怪自己技不如人啊！」

文樂心也並非是個小家子氣的人，聽到小柔如此一說，她甩了甩小辮子，便把不快都拋到腦後，繼續歡天喜地到處遊逛去了。

第七章　突如其來的狀況

離開了那片明亮的燈海後，文樂心拉着江小柔跑到旁邊的攤位玩遊戲。不過由於排隊的人龍很長，待得她們終於把所有遊戲都玩過一遍後，時候已經不早了，文媽媽和江媽媽都在旁催促她們回家去。

文樂心和江小柔只好一臉意猶未盡地互相揮手道別，然後各自踏上歸途。

當文樂心和媽媽來到接近公園的出口處時，她從擁擠的人

羣中，瞥見了一個熟悉的
身影。

「媽媽你看，那個站在巨型花燈
前的人，不就是宋婆婆嗎？」文樂心
訝異地指着前方。

文媽媽循着她所指的方向望過去，果然見到隔壁的宋婆婆正站在荷花造型的花燈前，一臉焦急地左顧右盼，似乎是在尋找什麼的樣子。

「她在等人嗎？」文媽媽正在疑惑着，文樂心便已朝宋婆婆的方向跑去，還邊走邊熱情地揮着手大喊：「宋婆婆！」

宋婆婆聽到有人喊她，頓時大喜地回頭張望，然而當她見到來人是文樂心時，臉上竟閃過一絲失望的神情，但仍然迎了上去：「心心，原來你們也來這兒湊熱鬧啊！」

文樂心並未察覺宋婆婆的異樣，只高興地笑着問：「婆婆，你也是來看花燈的嗎？」

　　宋婆婆搖了搖頭，臉上卻難掩焦急之色，解釋道：「我本來是跟孫女瑤瑤一起來的，但這兒人太多，走着走着便失散了，我正急着要找她呢！」

　　文媽媽連忙安慰她說：「瑤瑤都那麼大了，不會走失的，必定正在公園某處玩着呢！」

　　文樂心眼珠兒伶俐地一轉，忽地有了主意：「婆婆你先別急，我們拜

託舞台上的司儀幫忙廣播一下吧！」

　　宋婆婆被她一言驚醒，連連點頭說：「對啊，怎麼我就沒想到呢？心心你真聰明！」

　　被宋婆婆這麼一誇，文樂心開心

極了，馬上大着膽子跨上舞台，向主持人請求協助。

　　順利完成任務後，她一蹦一跳地從台上跑下來，興沖沖地回到宋婆婆身邊説：「瑤瑤很快便會來了，我們就留在這兒等着吧！」

文樂心以為宋婆婆聽了便會轉憂為喜，沒想到宋婆婆不但悶聲不響，而且表情呆滯，臉色還有點蒼白。

　　宋婆婆怎麼了啦？文樂心感到很奇怪，正想問個究竟，卻見她的臉色變得越來越難看，手往胸口一捂，身子便無力地往下倒。

　　幸虧站在旁邊的文媽媽眼明手

快，迅速將正往下倒的宋婆婆接住，
吃驚地連聲喊：

宋婆婆，
你怎麼了啦？

宋婆婆的身子軟趴趴地靠在文媽媽懷中，一雙眼睛半開半合地看了看文媽媽，似乎想說什麼，但又說不出話來。

這突如其來的狀況把文媽媽嚇了一大跳，文樂心當然更是嚇得目瞪口呆，但文媽媽不愧是經驗豐富的護士，很快便鎮定下來，有條不紊地吩咐文樂心：

「心心，快把你那個烏龜背包解下來，平整地放在地上

作枕頭，我要把宋婆婆平穩地放到地上去。」

待文樂心把背包平放在地上後，文媽媽便以熟練的手勢把宋婆婆緩緩地安放下來，一邊為她檢查脈搏，一邊取出手提電話召喚救護車。

看着臉色慘白的宋婆婆，文樂心很是憂心，卻又愛莫能助，只好着急地追問媽媽：「宋婆婆到底怎麼回事了？她不會有事吧？」

文媽媽雖然是護士，但畢竟並非醫生，現場亦沒有足夠的醫療設備可以讓她作更深入的檢查，實在難以確

定宋婆婆的實際情況，但為了讓文樂心寬心，只好安撫她說：「放心，婆婆會沒事的。」

第八章 木頭人的笑容

宋婆婆突然在熱鬧擁擠的花燈晚會中暈倒，不但令文樂心憂心忡忡，還引起了一陣小騷動，走在附近的人羣都好奇地駐足圍觀起來。

晚會的工作人員見狀，趕緊跑上前呼籲看熱鬧的人羣散去，以確保宋婆婆四周的空氣流通。

正當大家心急如焚地等待着救護車到來之際，一個束着馬尾的女孩氣急敗壞地從人羣中跑出來，哭着喊：「奶奶，你怎麼了？」

陪在宋婆婆身邊的文媽媽立馬上
前攔住她，柔聲地解釋說：「你是宋

婆婆的孫女瑤瑤吧？請先別着急，現在的宋婆婆是不能亂動的。」

文樂心一直很好奇瑤瑤到底是長什麼樣子，如今總算遇上了，當然是不會錯過，立刻朝瑤瑤的方向看去，誰知映入她眼簾的，竟然是那個可惡的馬尾女孩！

文樂心禁不住失聲喊：「怎麼會是你？」

瑤瑤發現文樂心也在場，同樣顯得十分驚訝，然而此時此刻，她倆誰也無心再跟對方計較之前的恩恩怨怨了。

宋婆婆似乎也聽到瑤瑤的喊聲，勉力地睜開眼皮想要看瑤瑤一眼。瑤瑤見她這樣頓時心慌意亂，着急地拉着文媽媽問：「奶奶到底怎麼樣了？」

　　文媽媽只好耐心地安慰她説：「別擔心，我們已經叫了救護車，救護員很快便會到了！」

　　幸好，救護車很快便來了。

　　救護員快速地抬着擔架牀來到宋婆婆身旁，一邊向文媽媽詢問宋婆婆的情況，一邊利落地把她抬上救護車。

瑤瑤哭喊着要跟上去，但救護員見她年紀還小，便問：

文媽媽深知瑤瑤是沒辦法獨自應付這種場面的，於是毅然走過去跟救護員說：「我跟她們是鄰居，可以陪她一起去醫院打點一切。」

救護員大喜地點頭道：「這樣真是太好了。」

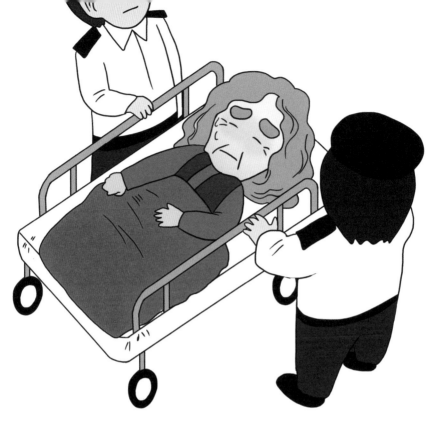

　　在醫院急症室外面輪候的病人眾多，不過由於宋婆婆的情況緊急，護士們從救護員手上接過宋婆婆後，二話不說便把她直接送往急救室，只囑咐她們三人在外頭等候。

瑤瑤見到護士們緊張兮兮的樣子，更是急得哭了出來，睜着一雙淚眼說：「怎麼辦？怎麼辦？」

　　文媽媽輕拍她的肩膀，故作輕鬆地說：「放心吧，他們只是按正常的程序辦事，不必太擔心，宋婆婆一直都能保持清醒，我估計應該是沒什麼大礙的。」

瑤瑤睜着淚眼，
將信將疑地問：

真的嗎？

文媽媽呵呵一笑
説：「文阿姨雖然不
是醫生，但怎麼説也
是醫院的註冊護士，我的
判斷力也是有幾分準繩的喲！」

有文媽媽的這句話，瑤瑤的心頓
時安定多了，繃緊的五官也隨之而放
鬆許多。

「謝謝您，文阿姨。」瑤瑤臉上露出了一絲笑意。

這還是文樂心第一次見到瑤瑤的笑容，心裏覺得神奇極了：「她這個木頭人居然也會笑？不過，她笑起來很好看嘛！」

第九章 同病相憐

文媽媽果然沒騙人，經過醫生的詳細檢查後，證實宋婆婆只是屬於過度緊張而引致的突發性昏厥，沒有什麼大礙，但鑑於宋婆婆年事已高，為了安全起見，還是要留院數天作全面的身體檢查。

文媽媽於是帶着瑤瑤來到登記處，預備為宋婆婆辦理入院手續。

在排隊輪候的時候，文媽媽晃了晃手中的電話說：「瑤瑤，宋婆婆要留院數天，我們不能留你一個孩子

獨自在家，你知道爸爸媽媽的電話號碼嗎？不如我幫你聯絡他們來照顧你吧！」

瑤瑤臉色一沉，說道：「我媽媽早在我六歲時便已去世，至於爸爸，他可是個大忙人呢，才不會有空管我！」

文媽媽察言觀色，猜想她和爸爸之間必定有些不對勁，說話頓時謹慎起來：「既然宋婆婆病了，相信他再忙也會抽空回來的。」

　　「他長期都要飛來飛去，我一年也難得跟他碰上一面，我怎麼會知道他現在在哪兒啊？」瑤瑤負氣地說。

　　文樂心在旁聽到後，想起在中秋節這個本該人月兩團圓的日子，自己對於爸爸趕不及回家一起過節，也曾經有些介懷，但她至少還有媽媽陪在身邊。

　　可是，瑤瑤的爸爸非但未能回

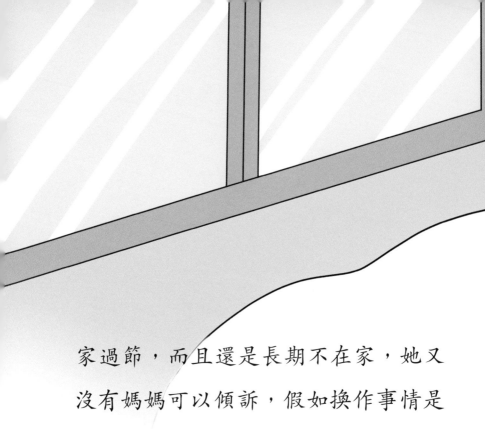

家過節，而且還是長期不在家，她又沒有媽媽可以傾訴，假如換作事情是發生在文樂心身上，她無法估計自己會有多難過。怪不得瑤瑤老是板着一張冷漠的臉孔，她心裏一定是很鬱悶吧？霎時間，文樂心竟不由地同情起她來了。

　　辦妥入院手續後，護士安排她們
進病房看望宋婆婆。

　　躺在病房內的宋婆婆已經完全清
醒了，雖然臉色還是有些蒼白，但至
少可以開口跟她們說話了。

瑤瑤一看見祖母，積壓在心頭的那股內疚與擔憂瞬即爆發出來，令她忍不住放聲大哭：「奶奶，都是我不好，我不該為了爸爸的事情而跟你鬥氣，對不起！對不起！」

宋婆婆的眼
眶陡地紅了，忙
輕拍瑤瑤的手背，
寵溺地笑笑說：「傻
孩子，別哭，奶奶現在
不是沒事了嗎？」

　　瑤瑤見奶奶懂得笑，懸在心頭的
大石總算放下來，於是也跟着破涕為
笑。

　　宋婆婆繼而感激地對文媽媽和文
樂心說：「謝謝你們的幫忙，若不是
你們剛好在場，我真的不敢想像自己
會怎麼樣了。」

文媽媽一正臉色說：「鄰里之間守望相助本來就是理所應當，你千萬別再客氣了。在你住院期間，假如你沒有更好的安排，不如讓瑤瑤到我們家暫住，好嗎？」

　　宋婆婆頓時既驚且喜，但又顯得有些不好意思地說：「這怎麼可以呢？太打擾你們了！」

　　文媽媽故意歪着嘴角，裝出不滿的樣子說：「噓，你再說這種見外的話，我便真的要生氣了！」

　　宋婆婆連忙掩着嘴巴，呵呵地笑着說：「好好好，我不說了！」

當文媽媽終於帶着兩個孩子回到家裏時，已經接近凌晨時分。

　　文媽媽把瑤瑤領到文樂心的睡房，温言細語地對瑤瑤説：「這幾天就委屈你跟心心擠一擠，待宋婆婆出院後再回家吧！」

「謝謝您，文阿姨。」瑤瑤感激
地點點頭。

待媽媽一走，文樂心便熱情地打

開衣櫃，一臉

豪爽地説：「這幾套

都是我的睡衣，你可以隨便

　挑啊！」

　　　經過一夜折騰的瑤瑤，似

　乎還未能回過神來，只一言不

發地換上睡衣，匆匆梳洗完畢後便躺

到牀上去了。

　　跟她睡在同一個被窩裏的文樂

心，見她仍然愁眉苦臉的樣子，忍不

住關心地問：「你怎麼了？宋婆婆已

經沒什麼大礙，你為什麼還是心事重

重的？」

看着文樂心那雙透着關切的大眼睛，瑤瑤心頭一暖，一顆晶瑩的淚珠竟不覺地流了出來：「奶奶生病了，爸爸卻還是不在我們身邊，他對我們根本漠不關心嘛！」

文樂心趕緊搖頭道：「不是這樣的啦，你們都是他的親人，他怎麼可能不關心呢？一定是有什麼要緊的事，才令他暫時無法抽身。」

「你不會懂

的啦！」瑤瑤拭了拭眼睛。

「我怎麼會不懂？其實我跟你的情況也有些相似啊！」文樂心露出一副完全明白的表情。

瑤瑤睜着紅紅的眼睛問：「哪兒相似？」

「我爸爸最近也去了外地公幹，要逗留兩個月才能回來啊！」

瑤瑤失笑地說：「這怎算相似呢？他不過就是去兩個月呀，況且你不是還有祖母、媽媽和哥哥嗎？」

文樂心搖了搖頭說：「我媽媽是個護士，要經常值夜班，能真正陪在

我身邊的時間根本不多；我那個哥哥就更不消提了，他只會跟他的朋友在一起，才懶得理睬我呢！」

瑤瑤沉思了半晌，問：「那他們不在家的時候，你會做些什麼呀？」

文樂心嘴巴一扁，抱怨地說：「我本來很喜歡下圍棋的，可是除了爸爸，我就找不到其他對手了。」

瑤瑤忽然目光一亮：「圍棋我懂，

我可以陪你一起玩！」

文樂心喜出望外：「真的？那我
們一言為定喲！」

「不過我可是圍棋
高手喔，你要小心被
我生吞活剝呢！」
瑤瑤故意擺出一副
酷酷的嘴臉。

文樂心也不甘示
弱地回嘴：「我的棋藝
也不差啊！」

「很好，那我們走着瞧
吧！」她倆雖然互不相讓地對視着，

但眼神中卻透着濃濃的笑意。

　　雖然已經夜深，躲在被窩裏的兩個小女孩倒是越說越起勁，也不知過了多久，她們才在一片說笑聲中漸漸進入夢鄉。

第十章 棋逢敵手

第二天早上，她們剛吃完早餐，文樂心便心急地捧着一副圍棋，自信滿滿地向瑤瑤下戰書：「怎麼樣？你敢跟我來一局嗎？」

　　瑤瑤昂首挺胸，擺出一副放馬過
來的姿勢：「來就來吧！」

　　二人果然是棋逢敵手，一局棋足
足下了一個多小時，文樂心終於以幾
步之差輸給了瑤瑤。

瑤瑤訝異地誇讚說：「唷！想不到你的水平也不錯嘛！」

文樂心雖然輸了，但還是很自信地朝她一昂頭說：「我這次只是沒有好好發揮，不然贏的人可能是我呀！」

瑤瑤的好勝心立時被激發起來，爽快提議道：「好呀，那麼我們便再下一局！」

她們就這樣窩在睡房裏下了半天的圍棋，中間雖各有輸贏，但始終未能分出高下。

當她們下得有點累了，瑤瑤把圍棋往旁邊一推，站起來伸了個大懶

腰，然後開始在睡房內四處察看。

　　不一會兒，她把目光放在睡房門後的一個大提琴盒子上，詫異地問：「這個大提琴是你的嗎？」

文樂心「嗯」了一聲，瑤瑤那雙精靈的眼睛立時閃閃發亮，說：「我也在學小提琴呢，我們可以找機會一起合奏啊！」

沒想到瑤瑤的愛好會跟自己如此相近，文樂心欣喜得拍手歡呼：「喲，太好了，以後練琴的時候我們便可以有個伴了！」

看着文樂心純真的笑臉，瑤瑤暗自慶幸能交上這樣一位好朋友。然而當她回想到自己當日因一時意氣而跟她爭奪圖書的幼稚行為，心裏頓時懊悔不已。

　　她猛地握着文樂心的手，誠懇地
說：「心心，那天在圖書館，我因為
剛跟爸爸發脾氣了，情緒有些失控才
會那麼失禮，並非有意要刁難你的，
真對不起。你可以原諒我嗎？」

文樂心寬容地笑着點點頭說：
「那麼往後你有什麼不順心，記得隨時來叩我家的門，我很樂意與你分憂啊！」

　　她話音剛落，睡房的門竟然真的「咚咚咚」的響起來。

　　文樂心開門一看，原來是媽媽。

　　文媽媽拿着一個保溫飯壺，微笑着對她倆說：「我剛熬好了湯，預

備去醫院探望宋婆婆，你們要一起去嗎？」

　　「好啊！」文樂心和瑤瑤同時一躍而起。

第十一章 不是中秋也團圓

　　這天是宋婆婆出院的大日子，文樂心和瑤瑤精心籌備了一場慶祝會，為宋婆婆製造驚喜。

　　為了增添歡樂氣氛，瑤瑤還特意邀請文樂心的同區好友江小柔、高立民和胡直一起參與。

　　瑤瑤本以為他們會因那次圖書館的衝突而記恨，不敢寄予厚望，沒想到他們得知派對的目的後，都爽快地答應了。

　　這天一大清早，他們三人便拿着

大包小包來到瑤瑤的家，開始幫忙布置和預備簡單的小吃，江小柔還請了當烹飪導師的江媽媽親自出馬，為宋婆婆焗製了一個既健康又美味的低脂水果蛋糕。

　　瑤瑤把一切看在眼內，不禁既感激又慚愧，忙雙手合十抱歉地說：「很感謝大家願意來慶祝會，圖書館的事情是我不對，請大家別放在心上！」

　　高立民「嘿嘿」一

笑，說：「只要以後有

好玩的事情，你都記得預我們一份便

可以了！」

文樂心不屑地白了他一眼道：「真是個市儈精！」

向來隨和的江小柔則主動向瑤瑤伸出了友誼之手，笑嘻嘻地說：「既然你是心心的朋友，那你就是我們的朋友了啦！」

「沒錯！」胡直點頭附和。

瑤瑤受寵若驚，馬上回握着小柔的手，高興地笑了。

「請問我能不能也當你們的朋友啊？」一把略為低沉的聲音插進來。

他們回頭一看，原來正是剛從醫院歸來的宋婆婆！

瑤瑤霎時喜上眉梢，第一時間衝過去伸手把她牢牢地抱着，聲音哽咽地說：「奶奶，您終於回來了！」

　　宋婆婆被她惹紅了眼睛，輕輕一

捏她的鼻頭説：「傻丫頭，我回來你該高興才對，還哭什麼？」

文樂心等人見狀，忙趁機把早已預備好的大蛋糕端出來，齊聲地説：「宋婆婆，請您快來切蛋糕啊！」

宋婆婆驚喜地看了看蛋糕，又看了看大家，一時竟感動得説不出話來，只紅着眼睛一邊笑，一邊向大家拱手表示謝意。

就在這時，忽然傳來開門聲，大家都呆住了：「到底是誰呢？」

門一開，只見一位高大的陌生男子走了進來，其他人還來不及反應，

瑤瑤已不知何時一把擁着他，語氣嬌柔地喊：「爸爸！」

哦，原來他就是瑤瑤的爸爸！大家這才恍然大悟。

宋爸爸一臉歉意地對宋婆婆和瑤瑤說：「對不起，我遲了回來！」

文樂心靈機一動，暗中朝瑤瑤一眨眼睛說：「不如我們現在就試着合奏一曲，如何？」

「好啊！」能在爸爸面前一顯身手，瑤瑤當然喜不自勝，急急把自己的小提琴捧了出來，跟文樂心展開了一場即興的大小提琴合奏表演。

雖然是第一次合奏，但她倆表現得很合拍，大家都不由地和着樂曲的節奏拍起掌來。

　　瑤瑤看着祖母和爸爸那一臉陶醉的樣子，內心滿是喜悅，心裏忽然有所領悟：只要一家人能開開心心地在一起，即使不是中秋節，也能過得圓滿，不是嗎？

第十二章 鄰里大聯盟

今天是星期五，擔任風紀隊長的哥哥文宏力放學後要留在學校開風紀大會，文樂心只好獨自乘校車回家。

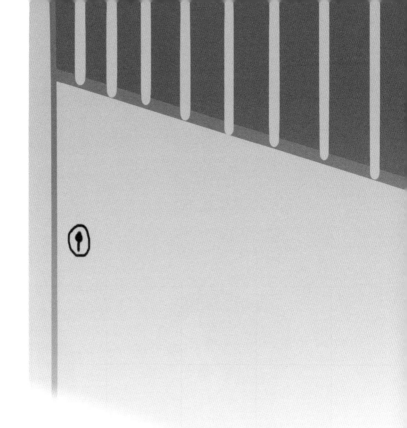

　　當她來到家門前正要開門，才
想起自己根本沒有帶鑰匙。爸爸媽媽
不在家，而平日這個時候，祖母一般
都去了菜市場買菜，家裏一個人也沒
有。

她抱着僥幸的心態按了一下門鈴，果然沒有人來應門。

　　「怎麼辦？難道我要待在門口等奶奶回來嗎？」文樂心倚着走道的牆壁歎氣。

「你為什麼呆呆地站在這兒？」身後傳來瑤瑤的聲音。

瑤瑤身穿校服，背着書包，想必也是剛剛放學回家吧？

文樂心撓着頭苦笑說：「我忘了帶鑰匙呢！」

瑤瑤恍然地「哦」了一聲：「那不如你先來我家坐坐吧！」

「好啊，謝謝！」文樂心不客氣地跟了過去。

今天的功課很多，文樂心不敢怠慢，剛踏進瑤瑤的家便逕自走到客廳，把課本攤在餐桌上，預備開始做作業。

瑤瑤把頭埋在一張宣傳單張上，

一副看得很專注的樣子，似乎是在研究些什麼。

　　文樂心按捺不住好奇地問：「你在看什麼？」

「這是我們區內一個兒童管弦樂團的招生簡章，我正在研究參加細則，你有興趣嗎？如果我們一起參加，說不定將來還可以組成二重奏啊！」

「這個主意不錯啊！」文樂心聽完後覺得很心動。

隔天回到學校，文樂心不經意地跟高立民和江小柔提及此事，高立民立時裝模作樣地一挺身子，自我吹噓地說：「我的色士風吹得可了得呢，有我加入的話，你們必定如虎添翼！」

江小柔也急忙表態說：「心心，

你也知道我在學單簧管，你一定要算
我一份啊！」

　　能有他們一起加入，文樂心自是
求之不得，開心地說：「當然可以，

不過我們要先通過樂團的面試呢！」

　　胡直雖然沒學樂器，但怎麼說也算是街坊鄰舍，見他們志趣相投地聚在一起，都很替他們高興，便為他們打氣道：「加油啊，如果將來你們真的可以一起上台演出，一定會很好玩啊！」

　　黃子祺恰巧經過聽到了，立時饒有興味地

追問：「有什麼好玩的？我也要參加！」

　　高立民沒好氣地翻了翻白眼對他說：

胡直「嘿」一聲地接口說：「這個樂團是位於我們的社區內，縱然你有學樂器，難道不會嫌太遠了嗎？」

什麼了不起的樂團，我才不稀罕呢！

黃子祺碰了一鼻子灰，只好一臉沒趣地跑開了。

一個周末的早上，文樂心、江小柔和高立民聚在瑤瑤的家，進行第一次的大合奏。

瑤瑤首先伸出手來，朗聲地鼓勵大家說：「我們都要努力，務求能一同考進樂團，組成鄰里大聯盟！」

四個志同道合的人，手掌疊着手掌，鬥志激昂地齊聲喊：「加油，鄰里大聯盟，必勝！」

鬥嘴一班
鄰里大聯盟

作　　者：卓瑩
插　　圖：Chiki Wong
責任編輯：張可靜　葉楚溶
美術設計：李成宇
出　　版：新雅文化事業有限公司
　　　　　香港英皇道 499 號北角工業大廈 18 樓
　　　　　電話：(852) 2138 7998
　　　　　傳真：(852) 2597 4003
　　　　　網址：http://www.sunya.com.hk
　　　　　電郵：marketing@sunya.com.hk
發　　行：香港聯合書刊物流有限公司
　　　　　香港荃灣德士古道 220-248 號荃灣工業中心 16 樓
　　　　　電話：(852) 2150 2100
　　　　　傳真：(852) 2407 3062
　　　　　電郵：info@suplogistics.com.hk
印　　刷：中華商務彩色印刷有限公司
　　　　　香港新界大埔汀麗路 36 號
版　　次：二〇一七年七月初版
　　　　　二〇二二年十一月第六次印刷
版權所有·不准翻印